감사의 마음을 담아

_____ 님께

_____ 드림

어, 머, 니

어머니

초판 1쇄 발행 | 2014년 2월 15일
초판 5쇄 발행 | 2021년 1월 5일

지은이 | 박점식
펴낸이 | 이성수
편집 | 황영선, 이경은, 이홍우, 이효주

펴낸곳 | 올림
주소 | 04117 서울시 마포구 마포대로21길 46, 2층
등록 | 2000년 3월 30일 제300-2000-192호(구:제20-183호)
전화 | 02-720-3131
팩스 | 02-6499-0898
이메일 | pom4u@naver.com
홈페이지 | http://cafe.naver.com/ollimbooks

값 | 13,000원
ISBN | 978-89-93027-55-6 03810

이 도서의 국립중앙도서관 출판시도서목록(CIP)은 서지정보유통지원시스템 홈페이
지(http://www.seoji.nl.go.kr)와 국가자료공동목록시스템(http://www.nl.go.kr/
kolisnet)에서 이용하실 수 있습니다.(CIP제어번호 : CIP2014002746)

부치지 못한 1000통의 감사편지

박점식 지음

올림

죄송합니다.

감사합니다.

사랑합니다.

(이 책의 거의 모든 문장의 뒤에는 이 세 마디 말이 생략되어 있다)

감사, 행복한 변화를 이끌어 내는 힘

쌀쌀맞아 보인다.

날카로워 보인다.

예민해 보인다.

나는 사람들에게서 주로 이런 말을 들었다. 직원들이 결제 받으러 내 방에 올 때도 긴장된 나머지 문 앞에서 호흡을 조절한다고 할 정도였다. 대학에서 강의할 때도 내 얼굴이 경직되어 있다는 것을 스스로 느낄 수 있었다. 한마디로 부담스러운 인상이었다. 집에서도 별 다를 게 없었다.

"매일 5가지씩 감사하는 일을 적으면 3주 만에 뇌가 긍정적으로 변한다"는 글을 읽고 감사운동에 입문하게 되었다. 그러나 감사운동에 발을 들여놓았다고 해서 모든 일이 기적처럼 술술 풀린 것은 아니었다. 아내는 내가 여전히 가족들에게 상처를 주고 있다면서 감사만 외치면 무슨 소용이냐고, 당신은 이중인격자라고 몰아세우기도 했다. 아들의 평가는 야속할 정도였다. 회사에서도 순탄치 않았다. 나의 일방적인 감사운동에 직원들은 냉담한 반응을 보였다.

나는 원래 끈기라고는 없는 사람이다. 공부는 늘 벼락치기였고, 운동도 시작했다가 금방 시들해져서 꾸준히 해 본 적이 없다. 내 인생 최고로 끈기 있게 해온 일이 바로 감사일기 쓰기였다. 지난 5년 동안 '무식하게' 감사일기 쓰기를 멈추지 않았다.

어머니에게 드리는 1000 감사를 쓰면서 너무나 행복했다. 어머니가 등 뒤에서 안아 주시는 듯한 뿌듯한 감정을 가슴 깊은 곳에서 느낄 수 있었다. 아내와 두 아이, 그리고 직원들에게 감사편지를 쓰면서 내 자신이 바뀌는 것을 느꼈다.

그 덕분일까. 최근 들어 내 인상이 부드러워졌다고 말하는 사람들이 많아졌다. 오랜만에 만나는 사람들에게서 젊어졌다, 얼굴이 좋아졌다, 편안해 보인다는 말을 자주 듣는다. 몇 달 전에는, 아부가 많이 쉬웠겠지만, 딸아이한테서 작년보다 더 젊어진 것 같다, 표정이 밝아졌다, 아버지 주위에 뭔가 밝고 기운찬 에너지가 나오는 것 같다는 말을 들었다. 아들한테서는 '같이 있기에 부담스러운 분'이었는데, 지금은 부드러워지고 잘 웃으셔서 좋다는 말을 들었다. 우리 회사에 와 본 분들은 회사 분위기가 밝다고 이야기한다. 감사의 효과라고 믿는다.

감사를 알기 이전과 이후 나의 인생은 획기적으로 달라졌다. 나는 학자도 아니고 감사 전문가라고 할 수도 없지만, 감사의 놀라운 힘을 먼저 경험한 사람으로서 아직 감사를 접하지 못한 분들을 위해 어머니에 대한 1000 감사와 아내에 대한 100 감사를 정리해 보았다. 독자들이 감사를 접하는 데 조금이라도 도움이 될 수 있다면 그보다 더 감사할 일이 없겠다.

누구나 감사를 통해 변화할 수 있다고 믿는다.

박점식

차례

1 이렇게 빨리 가실 줄이야

9 또 한 사람의 어머니

어머니의 아들로 태어난 것은

나에게 무엇보다 큰 행운이었다.

모든 것을 주신
어머니

50여 년 전, 어머니는 다섯 살의 어린 나를 데리고 혼자 흑산도에
들어가셨다. 그 시절에는 다들 가난했다고는 하지만, 삶의 유일한
수단이 어머니의 노동이었으니 오죽했으랴. 하지만 어머니는 어려
운 환경에서도 내가 마음에 상처를 입지 않고 자랄 수 있게 해 주셨
다. 여자는 약하지만 어머니는 강하다고 했던가.

이 세상에 자식을 위해 헌신하지 않는 어머니가 어디 있으랴마는,
어머니가 자신의 인생을 먼저 생각하셨다면 오늘의 나는 과연 어
떤 모습이었을까.

1

이렇게 빨리 가실 줄이야

이렇게 빨리 가시리라고는 생각도 못했는데……

어머니,
살아 계셔서 감사합니다

어머니,

어머니께는 고통스러운 시간이겠지만

삶의 끈을 단단히 붙들고 있어 주셔서 감사합니다.

아들을 알아봐 주셔서
감사합니다

정신이 혼미한 지금도

내가 누구냐고 물어보면

"내 아들" 하고 말씀해 주셔서 감사합니다.

아내가 물어보면

가끔 정신이 돌아올 때마다

"내 며느리"

라고 말씀해 주셔서 감사합니다.

어머니, 제가 어머니의 아들인 것에 감사합니다.

022
023

죽음을 준비하신
어머니

어머니는 수의를 미리 준비하셨다.

마침 우리 옆집이 삼베장사를 하는 집이었다.

어머니는 제일 좋은 삼베를 사서

당신 손으로 수의를 만드셨다.

우리는 이해하기 어려웠지만

이렇게 미리 준비해 두시는 것이 든든한 모양이었다.

어머니는 죽음에 대한 준비까지도 철저하셨다.

마지막 가신 길

어머니가 오늘은 일어나셨다. 정신은 여전히 혼미하시지만 몸은
좀 괜찮아지신 것 같아 다행이다.

2010. 11. 10

어머니께서 당신 아버지가 보고 싶다고 우신다. 그러다가 집에 데
려가 달라고 하신다. 점점 정신이 희미해지시는 것 같다.

2010. 12. 26

어머니가 오늘은 나를 찾으셨다. 기력이 조금 나아지시는 것 같다.

2011.3.12

아침에 청진동 해장국집에 들러 해장국을 사다 드렸더니 맛있게 드셨다.

2011.3.27

어머니 생신을 아무 행사 없이 보낸 것은 처음이었다. 어머니가 아파서 누워 계시기 때문이었는데, 서운했지만 그래도 어머니께서 살아 계시다는 것으로 위안을 삼았다.

2011.8.28

어머니가 입을 잘 벌리지 않고 눈도 잘 뜨지 않으신다. 그러나 아직은 식사를 하셔서 다행이다.

2011.9.13

이렇게 빨리
가실 줄이야

어머니가 가셨다.

이렇게 빨리 가시리라고는 생각도 못했는데…….

그래도 임종할 시간을 주셔서 감사하다.

아들 고생시키지 않으려고 그러셨던 것일까.

아들이 집에 없는 날 갑자기 악화되셔서

짧은 시간 고생하시고 가셨다.

© 서경호

어머니의 80년

어머니의 생을 크게 구분해 보니
전반부 30여 년은 하의도와 목포에서,
후반부 30여 년은 서울에서,
그리고 그 중간의 18년을 흑산도에서 보내셨다.
전반부 인생은 내가 잘 모르는 부분이고,
그 이후는 오로지 나 하나만을 위해 희생하신 기나긴 시간이었다.
흑산도 생활은 온몸을 혹사하는 육체노동이었고,
서울 생활의 대부분도 오로지 아들을 위한 의지 하나로 버텨 내셨다.
자신의 인생은 돌볼 엄두도 내지 못하셨다.

외로웠던
어머니

어머니는 많이 외로우셨을 것이다.

누군가 말을 걸어 주는 사람이 집에 오면 놔 주질 않으려 하셨다.

나를 포함해서 식구들 모두가 말동무가 되어 줄 만한 성격이 아니

었으니까.

의식이 가물가물할 때마저도 어머니는 나를 어려워하셨던 것 같다.

나에게는 별말씀을 하지 않으시면서 간병하는 아주머니에게는 내

가 왜 안 오느냐고 찾곤 하셨단다.

막상 가면 아무 말씀도 하지 않으셨다.

어머니는 그냥 아들이 보고 싶었을 것이다.

아직은
실감 나지 않지만

장례를 마치고 하루가 지났다.

뭔지 모를 허전함에 머릿속이 텅 비어 있는 느낌이다.

2011.10.2

어머니 사망신고를 마쳤다.

이제는 서류상으로도 마지막 인사를 하고

우리의 가슴속에만 남아 있게 되었다.

2011.10.17

손자가 생각한
할머니

동훈이가 하루는

할머니는 50대에는 암사동에서,

60대는 장위동에서, 70대는 방배동에서.

80대는 방배동 재건축된 집에서 사셨다고 한다.

우리 가족의 일인데도

동훈이는 구태여 할머니의 연세와 연결시켜 생각했을까?

동훈이가 아직 할머니를 마음속에 담고 있다는 생각에 흐뭇해졌다.

어머니의 그늘

아내가 어머니를 이해하고 원망의 마음을 누그러뜨렸다.

감사하다고 얘기한다.

어머니는 결코 쉽지 않은 시어머니였다.

아내가 김장을 하면서 어머니 이야기를 많이 한다.

동치미는 혼자서는 처음 담근다면서 맛이 있을까 걱정도 한다.

어머니의 그늘이 얼마나 컸는지를 얘기해 준다.

어머니의 흔적이 너무 많다.

시간이 갈수록

부모님 살아 계실 때 잘하라는 지극히 평범한 얘기가
이렇게 사무칠 줄 몰랐다.
시간이 지날수록 어머니의 사랑이 크게 느껴진다.

어머니와 흑산도

어머니가 겉으로는 그토록 경원시했던 흑산도가 사실은 애증의 땅이었음을 알았다. 그 흑산도에 어머니의 뜻을 받들어 노인회관에 기부할 수 있었던 것도 감사할 일이다.

어머니가 마지막으로 흑산도에 가신 것도 마음의 짐을 벗고 싶어서였을 것이다. 많은 옛 친구들을 만나고 참 좋아하셨다.

2

어머니는 사랑이었네

그런데 어머니가 정말 기뻐하셨던 이유는, 내가 운전하느라 술을 마실 수 없기 때문이었다.

목숨보다 더 아들을 사랑하신
어머니

내가 중학교 2학년 때

흑산도 무장공비 사건이 터졌다.

조명탄이 터지고 포격 소리가 요란했다.

이불 속에 웅크리고 있을 때,

어머니는 문에는 이불을 덧씌우고

나에게는 이불을 더 꺼내 덮어 주셨다.

그리고……

당신은 이불 밖에서 기도하셨다.

차라리
내가 아프고 말지

수면무호흡증 때문에 수술을 받았다.
내가 너무 고통스러워하자 어머니는
"차라리 내가 아프고 말지, 못 보겠다"
하시며 안쓰러워하셨다.

네가 아픈 건 못 본다

디스크가 심해서 유명하다는 병원을 전전했다.
어머니는 어디서 얻으셨는지
엄청난 정보를 수집해 오셨다.
금침이니 지압이니 이런저런 분야에 용하다는 집을 알아 오셔서
치료를 받아 보라고 권하시는데,
나는 믿음이 가지 않아 거부했다.
어머니는 서운한 기색이 역력했지만 꾸준히 설득하셨고,
나도 병원 치료에 한계가 있음을 깨닫고서야 지압 치료를 받았다.
결과는 기적 같은 완치였다.

어렸을 때는 동상에 걸린 내 손을 낫게 하시려고
온갖 약을 구하려 애쓰셨다.
명절에 동네에서 소를 잡으면 어떻게 해서든 소 내장을 구해서
동상에 특효라고, 거기에 손을 담그라고 하셨다.
그때는 정말 싫었는데…….

귀한 아들
배고플세라

저녁에 잠이 들면 어머니는 늘 내 머리맡에
삶은 고구마 바구니를 놓아 주셨다.

내가 아침에 눈 뜨면 배고플까 봐.

어머니는
짜장면이 싫다고 하셨지

귀한 먹거리가 있으면

어머니는 반드시 챙겨 두었다가 나에게 주셨다.

맛있는 음식을 먹을 때면

습관적으로 나에게 음식 그릇을 밀어 놓으셨다.

어머니 많이 드시라고 해도

어머니 말씀은 늘 똑같았다.

"난 많이 먹는다."

고운 자식
매 한 대 더?

중1까지는 동네에서 매를 제일 많이 맞는 아이였다.

어머니의 사랑과 한(恨), 나의 고집 때문이었다.

중2가 되자 매를 내려놓고 말씀으로 나무라기 시작하셨다.

매보다 열 배는 더 아팠다.

차라리 때려 달라고 했다.

ⓒ 서경호

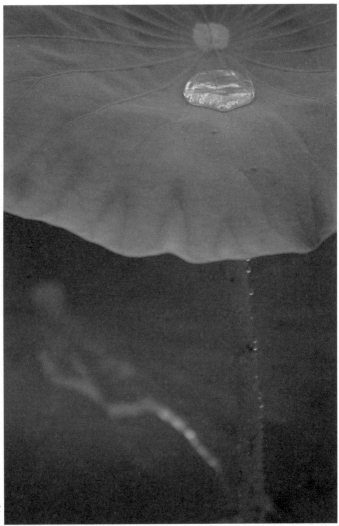

어머니가 기뻐하셨던
진짜 이유

어머니와의 마지막 제주도 여행 때

내가 직접 차를 몰아

평소 가 보지 못했던 구석구석의 명소와 맛집을 찾아다녔다.

어머니는 무척이나 좋아하셨다.

그런데 어머니가 정말 기뻐하셨던 이유는,

내가 운전하느라 술을 마실 수 없기 때문이었다.

아들을 자랑스럽게 생각하신
어머니

목포에서 열리는 백일장에 초등학교 대표로 나가게 됐을 때 나보다 더 기뻐하시고 이것저것 챙겨 주셨다.

그런데 바람이 심하게 불어 배가 출항하지 못했다. 나는 바닷가에 나가 대성통곡을 했다. 어머니도 나 못지않게 서운해하시며 위로해 주셨다.

회갑잔치 하던 날 내 손님이 많이 오시자 너무 기뻐하셨고, 집에 돌아와서도 잔치를 이어 가자고 많은 분들을 집으로까지 이끄셨다.

원인 모를 설사가 계속되어서 고생하던 중 친하게 지내는 강동성모병원 원장에게 부탁하여 특실에 모시고 전담 간호사를 붙였다. 동네 친구분들이 다녀가자 거짓말처럼 나으셨다.

아마 아들을 자랑하고 싶었고, 그것을 인정받자 병까지 나으셨던 것 같다.

어머니의 모든 생각의 중심은 나였다.

아들이 아무리
나이가 먹어도

내가 퇴근 시간이 늦으면 잠 못 이루고 걱정하시는 바람에
아내가 마음 편히 자기가 어렵다고 한다.
내 나이 쉰이 넘었는데도…….

어머니의
손주 사랑

아들 동훈이가 태어나자 어머니의 삶의 목표가 바뀌었다.
나에게서 동훈이에게로.

동훈이는 두 돌도 지나지 않아 희귀병인 근위축증이라는 진단을
받았다. 주사를 너무 많이 맞아 더 이상 바늘 꽂을 곳이 마땅치 않
았다. 어머니는 간절히 기도해 주셨다.
어머니는 극진히도 동훈이를 사랑해 주셨다. 손주 사랑을 표현하는
방법이 서툴러서 갈등도 있었지만.
동훈이가 초등학생 시절 걸음이 서툴러 잘 넘어지자 노심초사 등
하교 길을 많이 챙겨서 데려오시곤 하였다.
아들 하나 더 낳으라고 독촉하실 줄 알았는데, 예상외로 별말씀이
없으셨다. 역시 속이 깊으신 분이다.

몸에 좋다는 것이 있으면 늘 동훈이를 생각하셨다. 동훈이에게 고단백 식품이 좋다고 해서 민물장어를 사다가 즙을 내서 먹이는데, 밖에서 하는 것은 믿지 못한다며 일일이 직접 달이셨다.

어머니는 수현이에게 모든 걸 오빠한테 양보하라고 하셨다. 수현이는 많이 속상했을 것이다. 나도 너무 그러지 마시라고 했다. 단순히 아들 선호 때문이라 생각했는데, 사실은 아픈 동훈이에 대한 배려였다. 아이들에게 따뜻하고 편안한 할머니로 인식되지 못한 데 대해 늘 안타까워하셨다.

그러나 그것은 그분만의 사랑 표현이 아이들에게 제대로 전달되지 않아서일 뿐, 누구보다 더 손주들을 사랑하셨다.

어머니의
가족 사랑

외할머니가 아프실 때 옆에서 보기가 안쓰러울 정도로 애태우시고
기도하시던 모습을 보았다. 어머니에게 어떻게 해야 하는지를 내게
몸으로 가르쳐 주신 것이다.

용돈을 드려도 결국은 식구를 위해서만 쓰셨다.
시골에 다녀오실 때면 늘 반찬거리, 김장거리를 사 가지고 오셨다.
장을 보시는 것도 늘 가족들의 건강에 좋은 물건 위주였다.

유별난
친척 사랑

어머니의 친척 사랑은 유별나셨다.

어려서 외가에 갔을 때

외할머니와 외숙부, 외숙모, 사촌들이 너무 반갑게 맞아 주었다.

따뜻한 외가에서 처음으로 가족의 소중함을 느꼈다.

어쩌다 만난 친척들도

한결같이 나에게 보내는 시선이 참 따뜻하다는 느낌을 받았다.

다 어머니 덕이리라.

어머니는 내가 많은 친척들과 교류할 수 있도록 해 주셨다.

사촌들끼리도 서로 모르고 지내는 사람들이 많은데

나만 유일하게 친척들을 다 안다.

어머니 칠순 때 외숙이 마지막으로 우리 집에 다녀가셨다.

어머니의 동생에 대한 안타까움,

뭔가 더 해 주지 못한 아쉬움,

이런 것이 역력해 보였다.

내가 목포에 갈 때마다 어머니의 관심사는

외숙한테 들렀는지,

용돈은 얼마나 드리고 왔는지였다.

나에게는 그것도 스트레스였지만

그랬기에 반드시 외숙에게 들를 수밖에 없었다.

나의 도리를 다하게 해 주신 것이다.

잘나가던 외숙이 경제 활동을 못하고 빚만 남았을 때도

어머니는 그 당시 형편이 어려운 나에게
빚을 대신 갚아 달라고 하셨다.
한마디 원망도 없이……
당시에는 이해할 수 없었지만 이젠 조금 이해가 된다.

하의도 큰숙모님이 편찮으셔서 목포에 있는 친구 병원으로 이송하
도록 하고 병원비는 내가 부담한다고 하자 어머니는 너무 좋아하
셨다. 어머니는 이렇게 내가 누군가를 도와주는 것을 좋아하셨다.
어머니는 잘사는 조카보다 어렵고 못사는 조카들에게 늘 관심을
보이셨다. 조금이라도 도움이 되는 일이 있으면 챙겨 주려 애쓰시
곤 했다. 내가 그런 조카들에 대해 서운한 얘기를 하면, 너는 혼자
살 수 있는 줄 아느냐며 화를 내셨다.

고향을 만들어 주신
어머니

어머니는 흑산도가 그렇게 좋으냐며 나를 타박하셨다. 당신에게는 고생의 악몽이 떠오르는 장소이지만, 나에게는 꿈같은 추억이 있는 장소라서 다를 수밖에 없다.

아름다운 흑산도를 나의 고향으로 만들어 주셔서 이렇게 좋은 느낌으로 고향을 떠올릴 수 있으니 이 또한 어머니께 감사할 일 가운데 하나다.

© 서경호

어린 시절의 추억

여섯 살 때였다던가? 동네 어른들 노는 데 따라가서 방 가운데 놓인 막걸리 대야에서 막걸리를 떠먹다 취했단다. 나도 기억이 난다. 그런 모습조차도 예뻐서 놔두었을까? 어른들의 귀여움을 많이 받았다는 느낌이 있다.

어머니가 바지락 캐던 날, 나는 바다에 들어갔다가 꽃게에 물려 점점 깊은 바다로 울면서 끌려갔다. 뒤늦게 어머니가 보시고 놀라서 허겁지겁 뛰어오시고 어른들을 나에게 보내 꽃게를 떼어 주었다. 그때의 당황하신 어머니 모습이 생각난다.

중학교 때 비금 이모님 댁에 갈 때면 사복을 입고 배를 탔다가 비금에 내린 다음에 교복으로 갈아입었다. 초등학생인 척해서 반액 할인으로 탈 수 있기 때문이었다. 그 당시는 창피하기도 했지만 이제 생각하니 얼마나 형편이 어려웠으면 그렇게까지 했을까 하는 생각이 든다.

소중한 추억을 만들어 주신
어머니

쉴 틈 없이 바쁘게 일하러 다니시는 중에도 배낭기미 바다에 나가 바지락을 캐 와서 반찬을 해 주셨다. 나도 가끔은 따라가서 맛도 잡고 꼬막도 캐곤 했다.

추석이면 어머니와 함께 송편을 만들었다. 어머니는 작고 예쁘게 만들면서도 아주 손이 빠르셨다. 송편을 예쁘게 만들면 예쁜 딸을 낳는다고 하여 나도 예쁘게 만들려고 애를 썼다. 어머니께서는 나에게 그렇게 느려서 어느 세월에 다 만드느냐고 핀잔하셨다.

3

어머니는 찬밥을 드셔도
되는 줄 알았다

찬밥이 있으면 당신이 드시고 나에게는 늘 새로 지은 밥만 주셨다.

어머니는 찬밥을 드셔도
되는 줄 알았다

찬밥이 있으면 당신이 드시고
나에게는 늘 새로 지은 밥만 주셨다.
나는 그것이 당연한 일인 줄만 알았다.

방학 때 내가 흑산도에 들어가면
그 바쁜 중에도
내 밥만은 새로 지어 주시려고
밖에서 일하시다가도 헐레벌떡 뛰어오셨다.

어머니의
특별 대우 1

소풍 날이면 내 도시락은 남달랐다. 정성을 다해 싸 주신 도시락은 친구들 앞에서 꺼내기가 멋쩍을 정도였다.

내가 체기가 있을 때는 그 시절 엄청 귀했던 참기름을 한 숟갈씩 먹여 주셨다. 효능은 모르겠지만 이거면 밥을 몇 그릇 비벼 먹을 수 있는데, 하는 아까운 마음만 들었다. 그 당시 내게 제일 맛있는 음식이 왜간장에 참기름 넣고 비벼 먹는 밥이었으니까.

겨울이면 감을 항아리에 보관했다가 홍시를 만들어 하나씩 꺼내 주셨다. 동네 집집마다 감나무가 있지만 종자가 좋아서 특별히 맛있는 감이 열리는 집이 있었다. 어머니는 그 집 감은 어떻게든 구해서 나에게 주셨다.

어머니의
특별 대우 2

먹는 것뿐이 아니었다.

결코 넉넉지 못한 살림에도 추석이나 설이면 어머니는 가능한 한 새 옷을 사 주셨다. 헌 양말 한 짝도 표나지 않게 예쁘게 꿰매 주셨다. 옷이 잘 해지던 시절이라 무릎이나 팔꿈치에는 미리 천을 덧대 주셨는데 그것도 다른 애들과는 달리 대충 하는 것이 아니라 예쁘게 꾸며 주셨다.

초등학교 시절 다른 아이들은 빡빡머리가 많았다. 나는 중학교 들어갈 때까지 하이칼라 머리를 하고 다녔는데, 어머니가 나를 이발관에 데려가서 원하는 머리 스타일을 요구하셨다.

신발도 운동화를 주로 신었다. 아마 그래서 내가 제기차기를 잘했는지 모르겠다. 당시에 다른 아이들은 대개 검정 고무신을 신고 다녔다. 오죽하면 운동화를 동경하는 내용의 동시가 있을 정도였다.

생선의 추억

삼마이 그물에 걸려 온 여러 가지 생선 중에서 내가 좋아하는 생선이 있으면 어떻게든 남보다 먼저 구해서 상에 올려 주셨다.

여름철 멸치잡이가 한창일 때는 굵은 멸치를 추려서 사다가 구워 주셨다. 지금도 그때 그 맛을 못 잊어 봄이면 기장에 내려가 멸치구이를 먹곤 한다.

우리 가족이 장위동 시장의 생선 가게에서는 큰손이었다. 집 안에서는 생선 말리는 냄새가 가실 날이 없었다. 내가 생선을 좋아하니까 한 끼라도 생선 없이는 밥상을 차리지 않게 하셨다.
어느 날은 내가 생선을 사 왔는데, 오는 과정에서 지체하는 바람에 생선이 상해 버렸다. 버려야 한다고 말씀드려도 어머니는 그중에서 괜찮은 것은 추려서 끓여 먹으면 된다시며 그 역한 냄새를 감수한 채 고집을 부리셨다. 생선은 썩기 직전의 상태가 가장 맛있다고 어머니는 말씀하셨다. 집 안에 냄새는 고약했지만 찌개를 끓여 주셔서 맛있게 먹었다.

홍어를 좋아하시면서도 늘 좋은 부위보다는 꼬리나 엉치 부위를 당신이 드셨다. 그러지 마시라고 해도 늘 내가 우선이었다.

1960년대 흑산도, 어머니는 조기 파시가 설 때엔 떡장사를 하셨다. 떡과 바꿔 온 조기는 다 돈이었다. 어머니는 힘들게 일을 하시면서도 나를 위해서는 제일 좋은 조기만을 골라서 구워 주셨다. 지금 이런 조기가 있다면 한 마리에 10만 원은 할 것 같다.

늘 좋은 걸 주려고
애쓰신 어머니

김장 때면 늘 식구들에게 맛있는 김치를 먹이려고 애쓰셨다.
젓갈 하나하나에도 신경 써서 준비해 주셨고, 덕분에 우리 집 묵은
김치는 늘 일품이었다.

시장에서 파는 참기름을 믿을 수 없다면서 시골에 부탁하여 국산
깨를 구해 집에서 직접 참기름을 짜는 극성을 부리셨다. 그러다가
집에서 참기름을 짜는 데 한계가 있음을 깨닫고는 참기름집에 가
져가서 처음부터 끝까지 기다리면서 감독을 철저히 하셨다

명절이나 생일 등의 기념일에는 늘 맛있는 식혜를 만들어 주셨는
데, 언젠가부터 식혜가 맛이 없어졌다. 연세가 드시면서 미각과 손
맛이 떨어진 탓이리라. 어렵게 말씀드리자 별다른 말씀 없이 인정
해 주셨다.

아들 바보
어머니

초등학교 졸업식에서 교육감상을 받자 나에게 고맙다고 하셨다.
그때 부상으로 받은 한글 대사전과 태극기를
지극 정성으로 관리해 주셨다.
한글 사전은 지금도 남아 있다.

상고에 다닐 때 방학 동안 초등학생 대상으로 주산 교육을 했는데,
내가 선생님이라도 되는 양 많이 좋아하시고 자랑하고 다니셨다.

방통대 다닐 때는 출석 수업도 서울대에서 했고
신문도 서울대 신문이 왔다.
그때는 서울대 부설 방송통신대였으니까.
어머니는 신문이 오면

마치 내가 서울대생이라도 되는 듯이 호들갑이셨다.

내가 TV에 처음 출연했을 때

어머니는 너무 기뻐하시며 동네방네 자랑하느라 정신이 없으셨다.

일부러 모니터링해 달라며 지적 사항을 여쭈어 봐도

너무 잘한다고만 하셨다.

어떤 아주머니와 함께 계실 때 내가 지나가니까

키가 좀 아쉽지만 뒤태가 늠름하고 멋지다고 자랑하시더란다.

당신 눈에는 늘 최고였던 모양이다.

4

내가 바르게 살라고
안 했냐?

어머니는 내가 아이들에게 어떻게 해야 되는지를 몸소 가르쳐 주셨다.

위대한 스승이셨던
어머니

어머니,

어머니는 저의 영원한 스승이십니다.

제가 지금 예순을 바라보는 나이에도

아주 조그마한 일에도 마음이 흔들리는데,

어머니,

어머니는 어떻게

그렇게 일관된 모습을 보여 주실 수 있었습니까?

아둔한 저는

1000 감사를 쓰는 이제야 그것을 깨닫기 시작했습니다.

제가 어머니를
따라갈 수 있을까요?

어머니는 내가 아이들에게 어떻게 해야 되는지를
몸소 가르쳐 주셨다.
어머니의 가르침을 아이들에게 실천하려다 보니
도저히 따라갈 수 없음을 절실히 느낀다.
어머니는 절대 신뢰였는데,
나는 아직 많이 조급하다.
어머니가 너무 커 보인다.

염소 사건의 교훈

목포상고 재학 시절
여름방학 때 섬에 돌아와 친구들과 이웃집 염소를 잡아먹었다.
별 생각 없이 한 행동이었다.
목포 하숙방을 찾아오신 어머니는 불같이 화를 내셨다.
"넘의 염소를 멋대로 잡아묵어?
내가 '경우 바르게' 살라고 했냐, 안 했냐?
사람이 그런 나쁜 짓을 험시로, 공부는 해서 뭣하냐!"
하시고는 내 책을 모두 불사르셨다.

버거운 일로 아들을
단련시키신 어머니

어머니가 계를 조직하면서

어린 나에게 번호별 계금표를 만들어 보라 하셨다.

겨우 곱셈을 공부했을 때인데, 나를 어떻게 믿고…….

그것도 교육이었을까?

어쨌든 기존의 표를 이해할 수 있었고, 나름대로 만들었던 것 같다.

방학에 집에 가면 농협 설립 초기의 장부를 작성하는 일을 맡아서

할 수 있도록 다리를 놔 주시기도 했다. 버거운 일이었지만 농협의

장부를 정리해 본다는 것은 나에게는 정말 소중한 공부였고, 꽤 많

은 용돈을 벌 수 있는 기회이기도 했다.

약속은
소중한 것

어머니는

내 친구들 가운데

간혹 실없는 약속을 하고 지키지 않는 친구들 얘기를 하면서

그러면 안 된다고 하셨다.

한잔하고 나서

술김에 호기롭게 한마디 툭 던져 놓고는

잊어버리는 경우가 있었는데

어머니는 이해할 수 없다고 매우 싫어하셨다.

나에게 약속의 중요성을 가르쳐 주신 것이다.

말의 힘을 깨우쳐 주신
어머니

어머니는 입이 무거우셨다.

아내는 내가 입이 무거운 것이 장점이라고 이야기한다.

이것도 어머니를 보고 배운 것이리라.

어머니는 남의 말,

특히 좋지 않은 이야기를 옮기는 것을 매우 싫어하셨다.

아들에게도 그러셨다.

내가 서운하게 해 드린 적이 많았을 텐데도,

전혀 내색하지 않으셨다.

벤치마킹을 알려 주신
어머니

어머니는 입이 무거우셨지만

다른 사람의 장점에 대해서는 말씀을 많이 하셨다.

흑산도에서 가깝게 지냈던 철우 어머니의 놀라운 생활력에 대해

칭찬을 아끼지 않으셨다.

금자 엄마의 따뜻함에 대해 늘 말씀하시면서

그 공을 언제 다 갚느냐고 하셨다.

부두상회 봉우 어른이 참으로 점잖으신 분이라고 말씀하셨다.

외숙이 잘나갈 때 옆에 있던 수많은 사람들이 다 떨어져 나간 후

외숙 곁을 지켰던 몇 분에 대해 칭찬을 아끼지 않으셨다.

보통은 서운한 사람들에 대해 얘기하기 마련인데,

어머니는 반대였다.

정과 의리를 지킨 고마운 분들에 대한 얘기만 하셨다.

남의 집에 다녀오시면 그 집 얘기를 할 수밖에 없는데,

어머니는 그때마다 좋은 얘기만 하셨다.

가끔 염려하는 말씀은 하셨지만 나쁜 얘기는 하지 않으셨다.

생각해 보면 서운한 점도 있었을 텐데…….

그 집은 가니 이런 게 참 좋더라 하는,

배워야 할 점에 관한 얘기를 많이 하셨다.

어머니는 벤치마킹을 알고 계셨던 모양이다.

몰입과 최선

연세가 들어 기력이 많이 떨어진 후에도

어머니는 일하실 때면

늘 몸 생각 하지 않고 몰입을 해서

열심히 하시다가 일을 끝내고 앓아누우실 때도 있었다.

한번 계획한 일은 무서울 정도로 실천해 내셨다.

공짜는 없다

공짜는 없다고 어머니는 늘 말씀하셨다.
공짜를 바라지도 않았지만
누군가에게 뭔가를 받으면 그 이상을 해 주려고 하셨다.
사람을 사귀거나 사업을 하면서
어머니의 말씀이 옳음을 새삼 느끼게 된다.

자식의 자랑이 되어 주신
어머니

'부모가 자식을 자랑거리로 만들려 하지 말고, 자신이 자식들의 자랑거리가 되라'는 얘기를 들었다. 어머니를 이 말에 대입해 보니 어머니의 삶이 아들인 나의 자랑거리가 되고 있다는 생각이 들었다. 이미 어머니는 당신의 삶으로 이를 실천하고 계셨다.

어머니는 나의 자랑거리가 되었을 뿐 아니라 나를 우리 사회의 잣대로 따지지 않으셨다. 늘 있는 그대로의 나를 인정해 주셨다.

어머니는 내가 스스로 일어설 수 있는 힘을 길러 주시는, 한 단계 높은 차원의 실천을 하고 계셨다.

노는 만큼 성공한다?

이제 와서 생각해 보니 어머니는 내가 공부하는 데에는 직접적인 도움을 주시지 않았지만, 노는 방면에는 적극적으로 도와주셨다.

제기차기에 한창 재미 붙일 때는 엽전이랑 습자지를 구해서 제기를 만들게 해 주셨고, 대보름 쥐불놀이에 사용할 깡통이나 잡목 같은 것도 구해 주셨다.

흑산도에는 참대가 귀한데, 연을 만들라고 참대나무를 구해 주시곤 했다. 기했딘 참종이도 구해 와 연을 멋지게 만들도록 해 주셨다. 연 만들라고 풀도 쑤어 주시고 연 종이도 오려 주셨다. 연자세(얼레)도 목수에게 특별히 부탁해서 동네에서 가장 멋지게 만들어 주셨다. 연실도 귀한 시절이었는데, 옷감이나 스웨터 같은 데서 풀어내 만

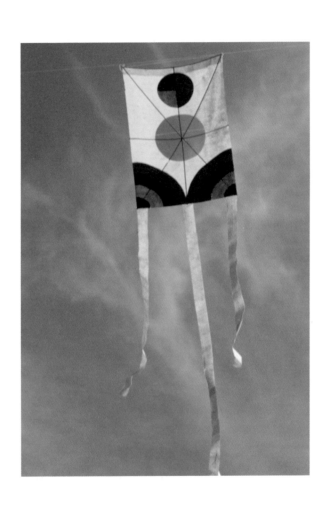

들어 주셨다. 뿐만 아니라 연싸움에서 이기라고 유리를 빻고 풀을
쑤어서 일일이 연실에 먹여 주셨다.
대단한 정성이었다.

대보름이나 추석을 전후해서 열흘 가까이 동네의 남녀노소 대부분
이 학교 운동장에 나와 뛰어놀곤 했는데, 이때도 나에게 오히려 언
제 가느냐고 독려해 주셨다.

왜 그러셨을까?

잘 노는 게 중요하다는 걸 아셨을까?

돈을 무시(?)하는
습관을 갖게 해 주신
어머니

어린 시절,

가족이라고는 어머니와 나 단둘이었다.

친구들 집에 놀러 갔을 때

형제자매가 많은 걸 보면 그게 제일 부러웠다.

그만큼 외로움을 많이 느꼈다는 이야기인데,

내가 노력한다고 해서 치유될 수 없는 것이어서 감수해야만 했다.

그러나 잘사는 집에 대해서는

부러움 같은 것을 별로 느껴 보지 않은 것 같다.

형편은 넉넉지 않아도 늘 당당하셨던 어머니를 보면서 배웠으리라.

어머니의 조기교육(?) 덕분일까?

이제까지 살아오면서

돈에 대해 조급한 생각을 가져 본 적이 별로 없다.
세무사 생활 10년을 마무리하고 개업하려고 할 때 보니
마이너스 통장이 내 재산이었다.
그러나 후회나 조급한 생각은 들지 않았다.

돈을 무시하는
습관의 좋은 점

나의 잘못된 버릇 중 하나가

돈에 대해 지나치게 낙관적인 것이다.

돈이 들어오기도 전에 들어올 것을 예상해서 먼저 쓴다.

나쁜 버릇이지만

긍정적으로 보면 그런 버릇 덕분에 기부를 할 수 있지 않았을까

하는 생각도 든다.

돈을 모아서 계획적으로 집행하려 했다면

아까운 마음이 들 것 같다.

어머니가 잘못(?) 길들인 것이 좋은 면도 있다.

5

속 깊은 어머니

나를 힘들게 했던 어머니의 고집도, 지나고 나서 생각하면 나를 위한 것이었다.

속 깊은 어머니

내가 고등학교를 졸업한 후 어머니께서 서울에 오시기까지
3년여의 흑산도 생활은 어땠을까에 생각이 미쳤다.
내가 학교를 다닐 때는 뚜렷한 목표가 있었지만
이 기간은 내 연락만 기다리며
하루하루가 오히려 힘든 세월이 아니었을까.
그런데도 어머니는 아무런 내색도 하지 않으셨다.

재건축이 끝나 이사하면서
방 구조상 서재가 딸린 안방을 우리가 쓸 수밖에 없었다.
이전까지 큰 방을 쓰셨던 어머니로서는
서운하실 수 있었을 텐데도
아무 말씀 없이 당연한 듯 받아들여 주셨다.

살아가면서 늘 내 입장에서만 생각하고
어머니 입장에서는 생각해 보지 못한 것 같다.
내가 지금 우리 아이들이 조금만 서운하게 해도 속상한데,
어머니는 얼마나 속상한 일이 많으셨을까.
그러나 어머니는 묵묵히 표 내지 않으셨다.

언젠가부터 어머니는 거실에서 TV를 보지 않으셨다.
어머니 방으로 들어가서 보시기 시작했다.
아이들에게 양보하신 것이다.

어머니는 빨래나 식사 등

당신이 하실 수 있는 일은 당신이 하셨다.

워낙 깔끔하고 까다로운 분이라

며느리에게 부담을 주지 않으려고 배려하신 것이다.

어머니는 내 앞에서 눈물을 보이신 적이 없다.

어떤 어려운 상황에서도 오히려 더 꼿꼿한 모습을 보여 주셨다.

긍정의 여왕이셨던
어머니

딸아이가 가벼운 교통사고를 당했을 때에도
가해자가 운이 없어 그런 거라고 오히려 위로해 주고
나에게 별일 없을 것 같으면 합의해 주라고 하셨다.
자주 연락드리겠다고 감사하며 돌아간 가해자는
그 뒤 전화 한 통 없었다.
어머니는 태연하게
다 그런 거지, 하셨다.

대범한 어머니

어머니는 사소한 일에는 대범하셨다.
고구마를 쪄 놓으라고 하셔서 찌다 보면
왜 그렇게 물 붓는 것을 잊어버리는지…….
솥이 시꺼멓게 타서 혼날 거라고 예상하고 있을 때
의외로 별말씀 하지 않으시고
오히려 고구마가 맛있게 쪄졌다고 하셨다.

쿨한 어머니

작정하고 돈을 챙겨 달아난 새댁이 있었다.
어머니도 많은 돈을 떼였는데,
한동안은 목포 경찰서로 어디로 정신없이 다니셨지만
곧바로 단념하시고 일에 열중하셨다..

돈을 떼이거나 큰일을 당한 후
단념을 빨리 하고 현실로 돌아오는 것은
내가 어머니를 닮은 것 같다.
어머니께서 간접적으로 나에게 가르쳐 주신 것이다.

통 큰 어머니

어머니는 근검절약의 대명사였다.
그러나 쓸 때는 써야 한다고 말씀하셨다.

언젠가 어머니가 광주에 계실 때
광주의 한 한정식집에서 처가의 행사를 연 적이 있었다.
자연스럽게 어머니도 자리를 함께하셨고,
내가 주관하는 행사라서 어머니의 반응이 조금은 조심스러웠는데,
오히려 더 잘 하지 못한 것을 나무라셨다.

참고 또 참으신 어머니

어머니는 아픈 몸을 이끌고도 자식에게 폐 끼칠까 봐,
아픈 모습 보이기 싫다며 열심히 운동을 하려 노력하셨다.
어머니는 병원에 입원해서도
아들의 체면을 위해 늘 행동을 자제하셨다.

호랑이 어머니

어머니와 다정히 손잡고 다녀 본 기억이 없다.

내가 어른이 되어서도 함께 외출할 때면 따로 떨어져서 걸어갔다.

늘 어머니가 무섭고 어려웠다.

가슴속에는 한없는 사랑을 품고 계시는 분이

밖으로는 어떻게 그렇게 엄격하셨는지…….

깔끔한 어머니

흑산도 사람들의 어머니에 대한 인상은
외모도 성격도 깔끔하다는 평이 제일 많은 것 같다.
워낙 철두철미한 성격이라,
연고도 없는 타향에서
남에게 뒷말 듣지 않으려고
엄청나게 자제하고 노력하신 것이다.

세심한 어머니

본인은 불편하시지만
어머니는 일부러 목포나 광주의 친척집을 찾아가 머물곤 하셨다.
우리끼리만 지내도록 자유로운 시간을 주시려는 배려였다.

조카 희숙이가 가족들과 집에 왔을 때
내가 없자 안절부절못하시고
언제 들어오느냐고 전화해 보라고 성화셨단다.
희숙이 신랑이 뻘쭘하게 있을까 봐서 그러신 것이다.
그런 사소한 것까지 배려하는 분이셨다.

쉴 틈이 없으셨던
어머니

어머니는 내 학비를 대기 위해

머리카락이 빠질 정도로 힘들게 일하셨다.

흑산도에서 사시는 동안

잠시라도 편히 쉬시는 모습을 본 기억이 없다.

천성이 부지런하셔서 그랬다기보다는

쉬실 수가 없었을 것이다.

삶의 유일한 수단이 당신의 노동이었으니……

때로는 여린 마음의
소유자

가끔 별 쓸모가 없는 물건을 사 오셨다.

할머니들을 상대로 물건을 파는 사람이

"어머니, 어머니" 하며 곰살궂게 굴면서

자기 승진과 관련이 있다고 사정하는 바람에

뿌리치지 못하고 물건을 사 오셨다고 한다.

이럴 때는 또 마음이 너무 여리시다.

자존심을 지키신
어머니

어머니는 명분이나 자존심, 이런 것을 매우 중시하셨다. 물질적인
손해를 보더라도 이런 것을 지키기 위해 흔쾌히 결단을 하시는 분
이셨다.

그러나 어머니는 나를 위해서는 그런 자존심도 버릴 수 있는 분이
셨다.

늘 당당하셨던
어머니

평생 고생은 많이 하셨지만 확고한 신념으로 살아오신 분이라
어머니는 자기주장이 강하셨다.

그래서 주변 사람들이 조금 힘들기도 했지만

자신이 옳다고 생각하는 일에는 당당함을 잃지 않으셨다.

어릴 때부터 어머니는 남다르다는 것을 많이 느꼈다. 교육에 대한
생각, 당당함, 겸손함, 부지런함, 의지 등이 대단하셨다.

그것이 나의 자부심이었다.

어머니는 뭔가 기품이 있으셨다. 지혜롭고 사람들을 포용하는 아량
이 있으셨디. 그러면서도 한 성깔이 있으셔서 어느 누구도 만만히
대하지는 못했다.

어머니는 나의 자부심의 원천이었다.

고집이 세셨던
어머니

어머니는 성격이 직선적이셨다. 상대가 좀 거북할지라도 거침없이 바른말을 하시는 올곧고 직선적인 성격이셨다. 식구들을 많이 힘들게도 하셨지만, 그래서 더욱 우리들의 행동과 생각을 다잡을 수 있게 해 주신 면도 있다.

나를 정말 힘들게 했던 어머니의 고집도, 지나고 나서 생각하면 결국은 나를 위한 것이었음을 느낀다.

6

어머니는 서울이
얼마나 낯설었을까

어머니는 얼마나 힘드셨을까. 모든 것이 얼마나 낯설었을까.

어머니는 서울이
얼마나 낯설었을까

돌이켜 보면 나는 어머니를 많이 힘들게 했다.

어머니는 얼마나 힘드셨을까.

어머니는 중년의 대부분을 사셨던 흑산도를 떠나

아들 하나 믿고 서울에 오셨다.

모든 것이 얼마나 낯설었을까.

그런데도 나는 밖으로만 나돌았다.

어른이 되어서도
내 생각만 했던 나

78년에 세무사 시험 공부를 할 때
시간이 많지 않아 집에 틀어박혀 공부에만 몰두하다
그만 시험 날짜를 놓쳐 버렸다.
그날로 짐 싸들고 여행에 나섰다.
오로지 내 생각만 하던 시절이었다.
어머니도 어이가 없었겠지만 오히려 위로해 주셨다.

어머니가 얼마나 외롭게 지내셨을까를 생각해 봤다.
힘들고 실망스러운 시간이었을 텐데도
절대로 나를 나무라지 않으셨다.

80년 10월 1일, 드디어 집에 돌아와 다시 공부를 시작했다.

어머니는 야단도 치지 않고

묵묵히 나만을 위한 뒷바라지에 들어가셨다.

단칸방에서 어머니와 함께 살던 때라

내 공부에 방해될까 봐 극도로 조심하시고,

밤낮이 뒤바뀐 생활에도 내가 지장이 없도록 도와주셨다.

나중에 이웃 분의 얘기를 들어보니

새벽마다 나를 위해 정한수 떠 놓고 치성을 드리셨단다.

"나는 집에 있을 테니
　너희들끼리 다녀와라"

건강이 나빠지면서

어머니는 많은 것을 양보하기 시작하셨다.

가족끼리 외식이나 여행을 할 때도

"나는 집에 있을 테니 너희들끼리 다녀와라" 하셨다.

그러시는 어머니 마음이 어땠을지

미처 살피지 못했다.

생각이 미치지 못했다.

말 한마디, 마음 씀씀이 하나가 그리우셨을 텐데⋯⋯ .

어머니의 공을
생각 못했습니다

가끔 내 인생을 돌이켜 보며 무엇이 나를 지켜 주었을까 생각할 때

나를 도와준 여러 귀인들과 운에 대한 생각은 하면서도

정작 어머니에 대한 생각은 놓치고 있었다.

나는 의지가 박약하고

가끔은 살아지는 대로 나를 통째로 내맡겨 버리는 성격이라

어머니의 믿음과 보살핌이 없었다면

지금과는 크게 다른 길을 걷고 있었을지도 모른다는 생각이 든다.

어머니와 며느리

아내가 감당하기에 어머니는 무척 어려웠을 것이다. 나에게도 어머니는 자연스럽게 기댈 수 있는 분은 아니었다. 늘 엄하고 범접하기 어려운 분이었다. 내가 그렇게 어머니를 어려워하니 아내나 아이들은 말할 나위가 없었을 것이다. 어머니 입장에서는 너무 외로웠겠다는 생각이 이제야 든다.

생각과 문화의 차이로 인해 고부 갈등이 심했다. 내가 힘들어하는 아내 입장에서 한마디 하자 본인의 서운한 소회를 말씀하시는데, 내가 미처 생각 못 한 깊은 뜻도 있었다. 큰 틀에서는 아내를 많이 힘들게 하셨지만, 나름대로 선을 지키시면서 따뜻함을 보여 주신 면도 많았다.

나는 아내와 어머니 사이에서 균형을 잘 잡아야 한다는 강박관념
이 심했다. 그래서 어머니에게 생각보다 많이 쌀쌀하게 대했던 것
같다. 그러나 어머니는 그런 나의 태도를 "저 사람은 원래 저렇게
좀 쌀쌀맞은 사람이야"라며 이해해 주셨다.

아내가 암 진단을 받자 어머니는 큰 충격을 받으셨다. 많이 달라진
모습으로 아내를 배려해 주셨다. 자진해서 부엌일을 맡아 하시고
아내를 이해하고 받아들이시는 모습이 너무 감사했다.

내가 아내에게 무심해 보였는지 어느 때는 마누라한테 신경 좀 쓰
고 잘하라고 말씀하시기도 했다.

7

어머니는 늘
사람이 먼저였다

단칸방이었지만 어릴 때 우리 집에 손님이 많이 오셨던 기억이 난다.

어머니는 늘
사람이 먼저였다

흑산도에서 혼자 나를 키우시면서 어머니는 엄청나게 노력하고 절약하셨다. 하지만 어떤 경우에도 절대로 물질을 먼저 생각하지 않으셨다. 늘 사람이 먼저였다.

어머니 덕분에 나는 주변의 그 누구보다도 친척들과 가깝게 지낼 수 있었고, 친구나 선후배들과 우의 있게 지낼 수 있었다.

심지어 돈을 떼먹은 사람 등 좋지 않은 사람들과도 가급적 나쁜 인연을 맺지 않도록 깨우쳐 주셨다. 사람은 언제 어디서 다시 만날지 모른다고 늘 말씀하셨다. 그러니 특히 헤어질 때 잘하라고 하셨다. 내가 조금만 손해 본다고 생각하면 부딪치지 않을 거라고 충고해 주셨다.

어머니가 결정적으로 건강이 안 좋아지신 것은

엉치뼈를 다치면서부터였다.

철봉에 매달린 이웃 할머니가 힘이 빠지셨는데

주변에 사람이 아무도 없자

본인이 힘에 부쳐 다칠 수 있다는 것을 뻔히 알면서도 받아 주셨다.

그런 어머니의 성격 때문일까.

서울에 살면서 만나게 되는 흑산도 분들 중에서 많은 분들이

어머니 안부를 물으신다.

그러면서 꼭

"어머니에게 잘해 드려야 한다. 너무 훌륭한 분이다. 고생 많이 하셨다"는 말씀을 덧붙이신다.

인간관계의 달인

어머니는 동네 사람들과 두루 친하게 지내셨다.
나도 그런 영향을 많이 받은 것 같다.
흑산도에서 살면서 다섯 집 정도를 이사했는데
가는 집마다 어머니는 주인집과 잘 지내셨다.
살 때는 물론 이사를 나온 후에도 좋게 지내셨다.
그만큼 인간관계를 잘 맺으셨다.

아들 친구들에게도 신경 써 주신 어머니

어머니는 내게 좋은 친구 많이 사귀라고 귀에 못이 박히도록 말씀하셨다. 초등학교 때까지는 내가 잘못해도 모두 나쁜 친구 때문이라고 하셔서 속도 많이 상했다.

그러나 내가 중학교에 입학하자 그런 말씀을 하지 않으셨다. 중학교 시절 내가 집에서만 혼자 지냈으면 어땠을까 생각해 봤다. 내가 친구 집에 가는 것을 말리셨더라면 점점 더 내성적이고 폐쇄적인 성격으로 굳어졌을 것이란 생각이 든다.

어머니가 시골 친구들을 이해하기까지는 시간이 좀 걸렸다. 어머니의 중심에는 늘 내가 있었고, 나는 더 훌륭한 사람들과 교류해야 한다는 생각이 워낙 강하셨다. 어렸을 때도 어머니 기준이라면 같이 놀 친구가 별로 없었다.

그러나 고향 친구의 소중함을 이해한 후에는 더 따뜻하게 대해 주셨다. 고향 친구 중에는 술꾼들이 많아서 늦게까지 머물러도 어머니는 반갑게 대해 주셨다. 아내에게는 미안했지만…….

선생님들과의 관계를 맺어 주신
어머니

내가 초등학교에 다닐 때 어머니는 선생님들과 가깝게 지내셨다.
어른이 되어서 생각해 보니 나에게 좋은 영향을 미치게 하려고 일
부러 노력하셨던 것이다.

담임 선생님들께는 어머니께서 헌신적으로 잘하신 것 같다. 내 기
를 살려 주려는 깊은 마음에 그러셨던 것인데, 나는 내가 공부를 잘
하니까 당연히 선생님들이 나를 예뻐한다고 생각했다.

3학년 때 담임이셨던 조준행 선생님은 우리 집에 와서 식사도 많이
하셨다고 했다. 선생님이 자기 교과서를 나에게 주셨는데, 그때는
왜 그랬는지 몰랐다.

4학년 때 담임이셨던 김용원 선생님은 흑산도 분이셨고, 우리 반
친구의 형이었다. 학급 신문인 '파랑꿈'을 발행했는데, 그때 처음

세워진 교문 아치를 취재하러 교장 선생님을 기자 자격으로 만난 기억이 난다. 어머니는 이 선생님하고도 많이 친하셨다.

김상표 선생님 댁에 많이 놀러 갔다. 선생님이 약주도 좋아하시고 정이 많은 분이셨다. 사모님도 참 인자하신 분으로 기억된다. 내 졸업식 날 저녁에 한잔 드시고 우리 집에 오셔서 책상 위에 놓여 있던 상장 뒤에다 써 놓으신 글이 지금도 남아 있다.

강희대 교장 선생님 댁에도 많이 따라다녔다. 어머니는 선생님들 댁에 갈 때는 늘 나를 데리고 다니셨다. 교장 선생님은 다음에 비금 동국민학교로 전근하여 비금 이모님 댁 바로 옆에 사셔서 그 뒤로도 뵐 수 있었다. 그 당시는 교장 선생님은 너무 높게 보여 아무나 개인적으로 만날 수 없다고 생각했다.

어머니가 선생님들과 친하게 지내신 것은 지금의 기준으로 보면 치맛바람일까? 그렇게 볼 수도 있겠지만, 물질이 아닌 정성으로 선생님들을 대하셨던 것 같다.

다섯 살 때쯤 수녀님들이 집에 와서 나를 업고 성당에 가곤 했다. 많이 예뻐해 주신 것 같다. 이 역시 어머니의 은덕이다. 어머니가 아름다운 추억을 만들어 주신 것이다.

방학이면 고향에 오는 선배들과 어울릴 수 있도록 다리를 놓아 주셨다. 늘 배울 데가 있는 사람과 어울려야 한다고 말씀하셨다.

초등학교 시절 학교 바로 밑에 있는 덕자네 집에 살았는데, 선생님들이 자주 오셨고 가끔 선생님들을 모시고 함께 식사를 했던 기억이 있다.

어른이 되어 생각해 보니 맹모삼천지교를 어머니께서 실천하셨던 것이다.

사람을 좋아하신
어머니

단칸방이었지만

어릴 때 우리 집에 손님이 많이 오셨던 기억이 난다.

겨울을 빼곤 마루나 마당에서 함께 모여 음식도 나눠 먹곤 했다.

어머니의 사람 좋아하는 성격을 내가 닮은 것 같다.

병원에 계실 때는 몸이 힘드신데도

면회 온 사람들에게 일일이 관심을 보여 주셨다.

어머니는 이해관계로 사람을 만나시지 않은 것 같다.

사람이 좋아서 만나지

이해관계에 따라 더 친하게 지내고 이럴 줄을 모르셨다.

나도 어머니의 영향에서 못 벗어나는 것 같다.

직원들을 고맙게 생각하신
어머니

어머니가 회사 직원들에 대한 인식을 많이 바꾸셨다. 과거에는 옛날 사고방식 탓에 아랫사람이라고 생각하셨다. 이제는 나를 도와주는 사람, 고마운 사람으로 생각이 바뀌셨다.

가끔 보는 회사 직원들에게도 많은 사랑을 주셨다. 선미, 영화, 영희, 이순, 혜량, 은전 등이 기억에 많이 남아 있는 모양이다. 가끔 이 친구들 말씀을 하곤 하셨다.

어려운 사람들에게 늘 잘해 주신
어머니

흑산도에 살 때는
외숙 밑에서 일하던 사람들에게 참 잘해 주셨던 것 같다.
그분들이 나중에도 늘 어머니 이야기를 하셨다.

청포묵을 만들어 팔러 오시는 아주머니가 있었다.
어머니는 이런 분들은 그냥 보내지 말고 팔아 줘야 한다고 하셨다.

방배동에 이사 와서는
경비나 청소하시는 분들을 참 잘 챙겨 주셨다.
맛있는 음식 같은 게 있으면 반드시 챙겨다 주시고
남는 물건은 나누어 주기도 하셨다.
어머니가 이분들하고 친하게 지내니까

동네 주민들 정보를 많이 알 수 있었다.

내가 주민 자치회 회장을 할 때는

동네 초소 경비들의 애로 사항을 듣고 나에게 전달해 주셨다.

어머니는 약자들의 대변인이셨다.

배려하기 어려운 사람까지 배려하신
어머니

암사동에서 장위동으로 이사 온 후 자주 암사동을 찾으셨다.

처음에는 그저 친구들이 보고 싶어서 그러시는 줄만 알았는데,

나중에야 빌려 준 돈을 받으러 다니셨다는 것을 알게 되었다.

몸과 마음이 다 지쳐서야 나에게 알려 주셨다.

나에게는 걱정 끼치게 하고 싶지 않으셨단다.

돈을 떼먹은 사람이 하도 고약하게 굴어서

재판을 거쳐 법정이자까지 포함해 다 받아 냈다.

얼치기 상식으로 소멸시효 운운하던 나쁜 사람이었다.

그런데도 어머니는 너무 가슴 아프게는 하지 말라고,

이자는 일부 감해 주라고 하셨다.

이제는 어머니의 뜻을 알 수 있을 것 같다.

그 당시는 이해하지 못했지만.

(아들놈이 돈 번다고 서울에 오셨는데, 정작 아들놈은 별 희망이 없어 보이니
  몰래 일을 하셨던 것이다.)

8

어머니는 늘 기다려 주셨다

그때마다 제자리로 돌아올 수 있었던 힘은 묵묵히 빌고 기다려 준 어머니였다.

어머니는 늘
기다려 주셨다

나는 어머니를 많이 힘들게 했다.

그때마다 얼마나 갈등이 많으셨을까.

그러나 어머니는 내가 스스로 일어설 때까지

언제나 기다려 주셨다.

눈감아 주신
어머니

사춘기에 접어들면서

나는 나의 처지를 과장되게 비관적으로 몰아갔던 것 같다.

그러면서 술 담배를 시작하고,

오히려 더 많이 맞아야 할 행동을 보였는데도 모른 체해 주셨다.

아직도 그 깊은 뜻을 알 수가 없다.

나는 스스로 잘못을 인정하지 않는 한

내가 뭘 잘못했느냐며

도망가지 않고 묵묵히 앉아서 매를 고스란히 다 맞는 성격이었다.

그런 내 성격을 아신 어머니가

혼내는 것보다는

스스로 잘못을 깨닫고 돌아올 때를 기다리셨던 게 아닐까.

알면서도 모른 척

중학교 시절 술 담배를 하면
냇가에서 세수를 하고
냄새를 없애려고 입을 헹구고 솔잎을 씹곤 하였다.
지금 생각하면 그 좁은 방에서 냄새가 나지 않을 리 없는데,
아무 말씀을 하지 않으신 것이 지금도 이해되지 않는다.

끝까지 아들을 믿어 주신
어머니

당시 우리 중학교는 고등학교 진학률이 10% 정도였다. 형편이 괜찮은 친구 중에도 진학을 하지 못하는 경우가 드물지 않았다. 따라서 나도 당연히 고등학교는 언감생심이어서 지레 포기하고 술 담배를 하면서 엇나갔다.

그러나 어머니는 당신의 의지와 노동력만으로 나를 고등학교에 보내 주셨다. 그 당시 어머니는 가지고 있던 돈도 사기당하고 매우 어려운 시절이었다. 외숙도 도움을 주지 않았고……. 나는 당연히 외숙이 도움을 주신 줄 알았다. 나중에야 알았고, 내 행동에 많이 후회했다.

내 인생을 돌아보니 중학교부터 고등학교, 사회생활에 이르기까지 탈선을 참 많이도 했던 것 같다. 그때마다 제자리로 돌아올 수 있었던 힘은 묵묵히 믿고 기다려 준 어머니였다.

어머니는 내게 늘 "너는 잘할 수 있다", "너는 최고다"라고 말씀하셨다. 때로는 태몽 얘기를 해 주시면서 너는 잘될 거라고 늘 자신감을 불러일으켜 주셨다.

초등학교 때는 매로, 중학교 때는 말씀으로 나무랐지만 그 이후에는 나를 믿고 전혀 간섭하지 않으셨다. 나는 어머니에게서 공부하라는 말을 들어 본 적이 없다. 나를 믿으셔서 그랬을까? 믿어서라기보다는 요즈음 용어로 넛지 효과를 주셨다. 내가 공부할 수 있는 분위기나 환경을 만들어 주셨다.

중학생이 되어 내가 기대만큼 모범생이 되지 못해도 크게 개의치 않고 믿고 맡겨 주셨다. 중학교 2학년 초부터는 매를 놓으시고 말씀으로 훈육을 하셨다. 때리는 것보다 더 아팠다. 이제 생각해 보니 참 많은 얘기를 들었던 것 같다. 그 말씀들이 내 머리에, 내 가슴에 각인이 되어 내 삶의 지표가 되었다.

사춘기가 시작될 무렵부터는 말씀으로 혼내는 것조차도 잘 하지 않으셨다. 믿고 지켜보셨다. 스스로 일어설 때까지 참고 기다려 주셨다.

결혼 전 술과 친구를 좋아해서 툭하면 외박을 하는 등 퍽이나 속 썩이는 생활을 했지만 건강이나 안전 문제만 걱정하셨고, 다른 문제는 나를 끝까지 신뢰해 주셨다.

동상 걸린 손을 담뱃잎 삶은 물에 많이 담그도록 해 주셨다. 좋다는 약은 다 사용해 본 것 같다. 담뱃잎 물이 식을 때까지 손을 담그고 있어야 하는데, 빨리 놀러 나가고 싶어서 친구에게 찬물을 몰래 가져오라 해서 부어 놓고 다 식었다고 둘러대고 나가곤 했다. 아마 어머니도 다 알면서 모른 체하셨을 것이다.

하루는 담뱃잎 물에 손을 담그라고 하시는데, 살짝 손을 넣어 보니 너무 뜨거웠다. 그래도 어머니는 내가 또 무슨 수작을 부리는 줄 알고 내 손을 억지로 잡아서 넣으셨는데 손등이 다 벗겨지는 화상을 입었다. 지금도 그 흉이 남아 있는데, 너무 놀라신 어머니 얼굴이 지금도 떠오를 정도다. 그 후론 내 말을 절대 신뢰해 주셨다.

세무사 합격자 발표가 났을 때에도 어머니는 덤덤하셨다. 당연히 합격할 것이라는 믿음 때문이라나? 나에 대한 과도한 믿음이 부담스럽기도 했지만, 이런 것이 나의 가장 큰 경쟁력이었던 것 같다. 어떤 상황에서도 나를 신뢰해 주신 어머니의 영향으로 나도 다른 사람을 신뢰할 수 있게 된 것 같다. 배신도 많이 경험하긴 했지만……

성인이 되어서는 작은 행동 하나하나에 대해서는 말씀을 하셨지만 큰 흐름은 나에게 맡기는 편이셨다. 묻지도 않으셨다. 내가 어떤 결정을 하든지 믿어 주셨다.

세상이 다 욕해도

1980년의 혼란한 시기에 깡패 단속 중 난데없이 내가 패거리로 몰려 구속되었을 때에도 왜냐고 묻지 않으셨다. 당연히 뭔가 오해가 있었을 거라고 철석같이 믿고 계셨다.

세상 사람이 다 내 자식 욕을 해도 부모는 믿어 줘야 한다는 얘기를 들었다. 새삼 나에 대한 어머니의 믿음이 나를 어떻게 지탱시켜 왔는지 생각하니 경이롭기까지 하다.

나는 내 아이들을 얼마나 믿어 줬는가?

정신이 없으실 때도

말년에 병상에 누워 계실 때
알아듣지 못할 말씀을 하시면서 뭔가를 걱정하시곤 했다.
내가 가서 다 처리했으니까 걱정하지 말라고 말씀드리면
"그러냐?" 하시면서 수긍하셨다.
그 상황에서도 내 말이라면 무조건 신뢰하신 것이다.

아들의 공부를 기뻐하셨던
어머니

막 한글을 배우던 때
목포에 나가 어른들을 따라가다가
간판 글씨를 읽느라 몇 번이나 어른들을 놓치곤 했다.
그 이야기를 전해 들은 어머니가
너무 좋아하시던 모습이 기억난다.

예전 시골에서는
대개 아이들에게도 한 몫의 일을 시키는 것을 당연시했다.
학교를 제대로 다니는지는 관심 사항이 아니었다.
내 친구들도 대부분
소를 돌본다든지, 쟁기질이나 지게질을 하면서 집안일을 도왔다.
어머니는 나에게 그런 부담은 전혀 주지 않으셨다.

초등학교 시절 방학 때
상고에 다니는 선배들의 주산 교육을 받고 주산 급수증을 받자
그렇게 좋아하실 수가 없었다.

내가 세무사 합격 후에 늦은 나이에 대학에 입학하자
어머니는 당신이 죄인인 양 미안해하셨다.
그전 방송통신대학교에 다닐 때도
새벽 강의를 듣기 위해 깨워 달라고 부탁하면 그렇게 기뻐하셨다.

나의 뒤늦은 대학 졸업식 때
어머니는 제때 가르치지 못했다며 자책하셨다.
늦게나마 대학에 다닐 수 있게 된 것도 다 어머니 덕분인데…….

공부의 길로 이끌어 주신
어머니

고등학교에 갈 형편이 아니었는데도 어머니는 기어이 상고라도 가야 한다고 권해 주셨다. 일찍이 포기하고 공부와는 담 쌓고 지내 왔는데······.

중학교 때 너무 빠르게 자포자기 상태에 빠져서 공부를 놓아 버렸지만, 어머니를 실망시켜 드리지 않으려고 학교 시험을 위한 공부만은 벼락치기로 하면서 때워 나갔다. 그것이 나로 하여금 공부의 끈을 놓지 않게 한 원인이었다.

고등학교에 가서는 교복을 맞출 돈이 없어서 이른바 구호물자 중 검정 코트지를 구해 아는 양복장이 집에 가서 3년을 입을 수 있게 크게 맞춰 달라고 부탁하셨다. 3학년에 가서야 옷이 맞았다. 그때는

부끄러웠지만, 나를 학교에 보내야 한다는 어머니의 집념, 지금 생각하면 감사하고 또 감사한 일이다.

내가 공부의 끈을 아주 놓지 않았던 것은
어머니의 희생과
어머니가 나에 대해 가지는 믿음에 대한 부담감 때문이었다.
어머니를 완전히 실망시킬 수는 없었던 것이다.
그것이 결국 나를 완전히 타락하는 것으로부터 막아 준 힘이었다.
내 인생을 바꿔 준 것도 공부였는데,
이 역시 어머니의 공부에 대한 미련을
늘 머릿속에 두고 살았던 덕분이다.

젊은 시절 한때 백화점에서 배달 사원으로 일했다.

함께 입사한 두 명의 친구들과 소주 한잔 하면서

미래를 얘기할 때면 나는 공부를 할 거라고 얘기했다.

내 마음속에 있는 어머니의 기대 때문이었을 것이다.

세무사가 된 후 이 친구들을 만났을 때

"늘 공부해야 한다고 얘기하더니, 역시 해냈구나" 하며

축하해 주었다.

갑자기 어머니가 떠올랐다.

내 인생을 바꿔 준 것도 공부였는데,

이 역시 어머니의 공부에 대한 미련을 늘 머릿속에 두고 살았던 덕분이다.

9

또 한 사람의 어머니

아내에 대한 100 감사를 쓰기로 했다.
아내와의 지난 시절을 떠올려 보면서 감사한 일을 생각하고
그것을 기록할 수 있음에 감사한 마음이다.

이제는 당신을 위해

지난 30년,
당신은 자신보다는 가족을 위해 살았습니다.
시어머니, 남편, 아이들을 위한 희생과 봉사의 시간이었습니다.

지난 세월 내가 열심히 사회생활을 하면서
작은 성취를 이룰 수 있었던 것도
당신의 따뜻한 사랑과 이해가 있었기 때문에 가능한 일이었습니다.
그것이 얼마나 소중한 것인지를
이제야 깨달은 이리석은 남편을 잘 이끌어 주어서 감사합니다.

이제는 당신이 편한 대로, 원하는 대로 살아갔으면 좋겠습니다.
당신을 위해 더 많은 시간을 투자했으면 좋겠습니다.

당신 얼굴이 많이
편안해지고 예뻐졌습니다.

나만 그런 게 아니라 많은 사람들이 그렇게 얘기할 것입니다.
세상을 따뜻하게 바라보는 당신의 마음 때문일 것입니다.

힘들고 어려운 투병의 시간을 잘 극복하고
긍정적인 생각과 즐거운 마음으로 살아가고 있음에 감사합니다.

감사일기를 쓰면서 당신이 변화하는 모습을 봅니다.
다른 사람의 관점에서 이해의 폭을 넓혀 가고 있고
나에 대한 태도도 매우 긍정적으로 변했음을 실감합니다.
아름다운 모습에 감사합니다.

나를 선택해 주어서
감사합니다

홀어머니의 외아들이라는 최악의 조건을 가진 나를 선택해 준
그대의 탁월한 안목(?)에 감사합니다.

지켜 주지 못해
미안합니다

수현이 임신 중에 동훈이가 입원했습니다.

가족이 입원하면 환자보다 보호자가 더 힘들다고 하는데
병명도 밝혀지지 않은 채 장기간 병원 생활에 얼마나 힘들었나요.

동훈이의 아픔을 알게 되었을 때 엄청난 충격을 받았겠지요.
그러나 겉으로는 전혀 내색하지 않고 묵묵히 받아들였습니다. 아픔
을 견뎌 내는 특별한 DNA를 가진 걸까요.

동훈이가 중학교에 들어가면서 업어서 등하교를 시켜야 했습니다.
나는 가끔 운전기사를 보내 도와주게 하는 것으로 그만이었습니다.
결국 무릎이 무게를 감당하지 못해 양쪽 무릎 연골 수술을 받아야
했지요. 무심한 남편이었습니다.

© 고규홍

당신이 당신이어서,
감사합니다

얼어붙은 정치 상황이나 먹고사는 문제,

부동산이나 주식을 통한 재테크,

여자라면 누구나 누리고 싶어 하는 약간의 사치,

이런 세상사에 초연한 순수한 당신이 처음에는 좀 의아했습니다.

그러나 당신은 하늘이 나에게 내려 준 사람이었습니다.

당신의 마음 씀씀이가
고맙습니다

가진 것을 움켜쥐려고 하지 않고
다른 사람들과 나누려고 하는 당신의 마음이 고맙습니다.

내가 어려운 이웃에 도움을 주려고 할 때마다
당신은 늘 잘 생각했다며 격려해 주었습니다.
이런 일에 같은 생각을 가지고 있는 당신이 너무 고맙습니다.

고된 시집살이,
참아 주어서 감사합니다

나의 어머니이지만

당신에게는 결코 모시기 쉬운 분이 아니었다는 것을 잘 압니다.

오랜 시간, 묵묵히 잘 견뎌 주었습니다.

어머니가 이해하기 힘든 이유로 역정을 내실 때도

최대한 맞춰 주려 노력하고

거기서 생긴 마음속 상처를 혼자서 감당해 왔습니다.

오로지 소리 내지 않고 가정을 지켜 내기 위해서였습니다.

미안하고 고맙습니다.

데리고 살아 주어서
감사합니다

내가 단식원에 들어갔을 때가 수현이 임신했을 때였나요? 동훈이
데리고 장위동에서 역곡까지 몇 번 다녀가곤 했지요. 누군가에게
그 얘기를 했더니 나보고 이상한 사람이라고 하더이다. 자기 생각
만 하는 굉장히 이기적인 사람이라고요. 자기 건강 챙기려고 가족
입장은 생각하지도 않았다면서.

그렇습니다. 이제 생각해 보니 모든 일의 결정은 내 위주였습니다.
가족들과 상의하고 의견을 들어 볼 생각을 하지 않았습니다. 이런
나를 면회까지 와 준 당신께 감사합니다.

그러고 보니 수현이 임신 기간에 또 내가 사고를 쳤습니다. 음주 사
고를 내서 당신을 엄청 힘들게 했습니다. 그런 시련을 온전히 혼자
감당하면서도 예쁜 수현이를 선물해 주었습니다.

장위동 시절은 동네에서 가장 유명한 하숙생(?)이었을 겁니다. 아침에는 동네에서 제일 먼저 출근하고, 새벽에는 신문과 누가 먼저 들어오는지 시합하고, 외박도 가끔 했습니다. 이런 나를 받아 준 당신의 넓은 마음에 감사합니다.

사람들을 집에 불러들이기 좋아하는 내 성격 때문에 많이 힘들었을 겁니다. 그날 하루 집에서 무슨 일이 있었는지, 당신이 피곤하지는 않은지, 그런 건 조금도 생각하지 않았습니다. 미리 양해를 구하는 경우도 없었습니다. 지금 생각해 보면 어처구니없는 상황에도 늘 인내하고 받아 주었습니다.

당신의 지극한 정성,
감사합니다

내가 조세DB 프로젝트를 맡아 그 업무에 몰두하느라 소화가 안 되어 식사를 못하자 수삼과 닭을 달여서 농축액으로 만들어 3개월을 마시게 해 주었습니다. 그 이후 몸에 달고 다니던 감기와는 완전히 작별했습니다. 지금까지 감기로 앓아누운 적이 없습니다.

아이들이 자기들 생일상 사진을 보며 이건 숫제 잔치상 수준이라고 얘기합니다. 그 정도로 성의를 다해서 푸짐하게 상을 차려 주었다는 얘기입니다.

맛있는 생선이나 육고기만 보면 욕심이 발동해서 바리바리 사서 들고 오는 내가 고맙기는커녕 지겨웠을 겁니다. 그런데도 별 얘기 없이 능숙하게 손질해서 잘 보관해 두었다가 명절이나 기념일에

맛있는 요리를 선물해 주었습니다.

아침 일찍 나간다고 얘기했더니 6시 정각에 아침을 준비해 주었습니다. 그것도 내가 좋아하는 깡달이를 해동시켜 맛있게 조려 주었습니다. 그냥 있는 반찬만 차려 주어도 감지덕지일 텐데…….
이제 생각해 보니 집에 있으면서 아침 식사를 준비하지 못하거나 소홀히 한 적이 한 번도 없었던 것 같습니다.

믿어 주고 인정해 준 당신,
감사합니다

어머니의 신뢰가 오늘의 내가 있게 한 것처럼 당신도 나를 자유롭게 뛰어놀도록 방목해 왔습니다. 그것은 신뢰 없이는 불가능한 일입니다. 믿고 기다려 주어서 감사합니다.

내가 감사쓰기를 하면서 변화를 모색해 갈 수 있었던 것도 모두 당신의 믿음이 있었기에 가능한 일이었습니다. 당신이 감사쓰기에 참여하면서 적극적인 호응을 해 준 것이 나에게 자신감을 많이 심어 주었습니다.

아침 밥상머리에서 당신이 장모님의 말씀을 빌려서 나를 칭찬했습니다. 장모님과 함께 지낸 지 꽤 되었는데, 아마 장모님이 그동안 지켜 본 나에 대해 얘기하신 모양입니다.

당신은 칭찬을 참 잘합니다. 역시 칭찬은 고래도 춤추게 한다더니 당신에게 칭찬받으면 기분이 좋아집니다. 사소한 것도 인정해 주고 더 부풀려 칭찬해 주어 감사합니다.

가르침을 주는 당신,
감사합니다

나보다 훨씬 감사의 표현을 잘하는구나, 하는 생각을 처음 만났을 때부터 했습니다. 조그마한 일에도 감사의 마음을 깊이 새기고 진정으로 감사를 표현합니다. 표현은 호들갑스럽지 않아도 느낌으로 충분히 알 수 있습니다.

집안일 해 주는 사람들에게 절대 함부로 하지 않습니다. 아니 못합니다. 그러다 보니 어느 때는 그들로부터 상처를 받기도 합니다. 인간적으로 대해 주다 보면 이를 악용하는 사람들이 있게 마련입니다. 그래도 그것이 사람 사는 세상이라고 이해합니다.

어머니가 일하는 사람들을 참 힘들게 했습니다. 중간에서 많이 힘들었을 텐데도 내색하지 않고 받아들이고 그분들에게 오히려 미안하다고 이해해 달라고 했습니다.

사치도 좀 하고 살라고 얘기해도 그런 쪽과는 거리가 멉니다. 낭비
도 하지 않습니다. 그렇다고 너무 알뜰하여 식구들 피곤하게 하지
도 않습니다. 주어진 것에 만족하고 고마워하며 살아갑니다.

낭비하지 않는다고 깍쟁이는 절대 아닙니다. 써야 할 때는 확실히
쓰는 성격입니다. 어떤 때는 내 기대를 훨씬 뛰어넘을 때도 있을 정
도로…….

회사 임원 부인들 모임에서도 잘 나서지 않습니다. 회장 부인이라는
티를 내지 않으려 일부러 노력하며 구성원들의 자율로 모든 문제를
결정하도록 유도합니다. 대단한 수평적 리더십의 소유자입니다.

어머니를 이해하고 잘 모셔 주어서
감사합니다

남의 쇼핑에 따라다니는 것은 큰 고역입니다. 더구나 어머니는 옷을 고르는 눈이 참으로 까다로웠습니다. 옷 사러 가면 팔목에 맞지도 않는 아가씨들 옷을 고르고 늘려 달라 하기도 했습니다. 안 된다하면 괜히 당신에게 화를 내기도 했지요. 그 피곤함을 감수하고 쇼핑을 참 많이도 다녔습니다.

어머니는 내가 사다 드린 옷을 보고 한 번도 예쁘다는 말씀을 하신적이 없습니다. 그처럼 까다로운 분이셨지요. 그럼에도 그런 분을계절별로 늘 모시고 다니면서 옷을 사 드렸습니다. 그 덕에 나중에는 어머니가 멋쟁이가 되어 있었습니다.

어머니의 투병 생활 기간에 정성을 다해 모셨습니다. 이렇게 당신 도움을 받을 것이면서 어머니는 왜 그렇게 당신에게 모질게 하셨을까, 생각해 봤습니다. 당신의 선한 마음에 감사드립니다.

힘들게 간호하는 중에도 어머니께서는 가끔 소리도 지르고 심술을 부리셨습니다. 그럴 때마다 왜 그러시느냐고 물으며 말도 안 되는 뜻을 다 받아 주었습니다. 감사합니다.

의연한 당신,
고맙습니다

자신에게 닥친 병마와 싸울 때도 너무나 흔적 없이 견뎌 주었습니다. 스트레스와 우울증까지도 동반할 수 있는 병인데도 집안일도 병행하면서 묵묵히 잘 이겨내 주었습니다. 감사합니다.

처음 검사 결과를 받고 나에게 전화해서 담담하게 "암이래요"라고 한 말이 너무나 생생하게 남아 있습니다. 모두가 다 내 탓으로만 다가왔습니다. 정작 당신은 의외로 덤덤하게 받아들였습니다. 그런 마음이 병을 다스릴 수 있었다고 생각합니다.

추억과 감동을 주는 당신,
감사합니다

당신과 서재의 책들을 정리하다 보니 그야말로 아름다운 추억 여행을 하게 되었습니다. 손때 묻은 책과 사진, 개인 소품들 속에 새겨진 옛 추억들을 더듬느라 시간 가는 줄 몰랐습니다. 새벽 두 시가 훌쩍 넘었는데 그 시간까지 옆에서 거들어 주면서 즐겁게 동무해 주었습니다.

언론에 보도된 내 기사를 보고 당신이 멋진 꽃다발을 선물로 보내왔습니다. 가상의 꽃이지만 향기가 더 진하게 느껴졌습니다. 돈 주고 사는 꽃보다 저당힌 이모니콘을 찾아서 보내 주는 당신의 정성이 더욱 소중하고 감사했습니다.

나는 흉내도 못 낼 엄마의 사랑,
감사합니다

아이들을 키우면서 정말 친구처럼 대합니다. 절대 강요하지 않습니다. 권위적인 것과는 거리가 멉니다. 조금은 답답하다고 느낀 적도 있었으나 이제 와서 보니 그것이 정답이었습니다.

동훈이가 몸 건강을 유지하면서 정신적으로도 긍정적으로 살아갈 수 있는 것은 당신의 따뜻한 사랑이 있었기 때문에 가능한 일이었습니다. 장애를 가진 아이들에게서 흔히 보여지는 부정적 시각이나 스스로 한계를 보이는 경우를 전혀 볼 수 없습니다. 따뜻한 당신의 사랑에 감사합니다.

동훈이가 처음 출근한 날 함께 집에 들어가는데 당신에게서 전화가 왔습니다. 지금 함께 퇴근하는 길이라 했더니 평소의 당신답지 않게 너무나 호들갑스럽게 좋아했습니다. 그도 그럴 것이 이런 날이 올 줄을 상상이나 했겠습니까? 모두가 당신이 정성을 다해 동훈이를 보살펴 준 덕분입니다.

쿨한 당신,
감사합니다

고등학교 친구들을 부부 동반으로 초청하여 감사 강의를 하는 도중 '아내와의 혈투' 부분에서 당사자가 있어서 그냥 넘어가겠습니다, 했더니 당신이 괜찮다고 그냥 편하게 하라고 했습니다. 생각하기에 따라서는 숨기고 싶을 수도 있는 부분인데, 그동안 감사쓰기로 자신을 많이 내려놓은 덕이라는 생각이 들었습니다. 기꺼이 받아들여 준 넓은 마음에 감사합니다.

나와 우리 가족의 오늘을 있게 한 당신,
감사합니다

당신이 힘들고 어려웠던 날들을 인내하고 견뎌 주었기에 오늘 같은 밝은 날을 맞을 수 있었다고 생각합니다. 어머니와 아들에게 바친 당신의 그 노력은 상상을 뛰어넘는 헌신이었습니다. 그리고 나에 대한 당신의 신뢰 또한 부족한 나를 스스로 일어서게 해 주는 큰 힘이 되었습니다.

감사하고 나누는 당신,
감사합니다

아이들 생일에는 100가지 감사편지를 써서 주기 시작했습니다. 그 무슨 선물과 비교할 수 있겠습니까? 아이들도 매우 소중하게 받았을 겁니다. 감사편지 실천에 감사합니다.

가족 친지들에게 관심을 가지고 배려하는 생각을 키워 가고 나눔을 실천해 나가는 모습에 감사합니다.

맺는말

감사쓰기는 나를 찾아가는 여정

'감사를 매일 5개 이상씩 3주일을 쓰면 내 자신이 긍정적으로 변화하는 것을 느낄 수 있고, 3개월을 쓰면 남이 내가 변화하는 것을 알게 된다.'

변화를 모색하던 시절 구세주처럼 다가온 이 말을 접하면서 쓰기 시작한 감사일기와 감사편지의 개수가 벌써 1만 5,000개를 넘어선 듯하다. 이 시점에서 내가 감사를 써 왔던 과정을 되돌아보니 여러 단계를 거치면서 진화하고 주변에도 영향을 미쳤던 것 같다.

시작 단계에서는 대상에 대한 감사, 행위에 대한 감사만으로도 내 자신이 뿌듯했고 즐거웠다. 그래서 주변에 감사쓰기의 효과를 소개하고 함께 하자고 권유하기 시작했다.

시간이 지나면서 자연스럽게 감사에 대한 나의 생각이 진화하고 있음을 느꼈다. 주변에 너무나 감사할 일이 많다는 것을 알게 된 것이다. 당연하다고 생각했던 많은 일들이 얼마나 감사한 일인지 알게 되었고, '재수 없네. 왜 이럴까?' 했던 일들이 '그만하기 다행'이라거나 '그럼에도 불구하고 감사한 일'로 받아들여지게 되었다.

감사쓰기가 습관이 되면서 감사일기의 내용이 점차 구체화되고 풍부해졌다. 글을 쓰는 과정에서 미처 생각지 못했던 감사한 일이 발견되면서 스스로 놀라기도 하고, 이런 소중한 감사를 생각해 낼 수 있음에 행복해하기도 했다.

모든 문제를 상대의 입상에서 바라보기 시작하면서 갈등의 원인을 상대에서 찾기보다는 내 안에서 찾기 시작했다. 그 결과 가까운 사람들과의 사이에서 발생한 갈등의 상당 부분은 내가 가진 기대감 때문이었음을 알게 되었다.

내가 가진 기대치에 미치지 못할 때 여지없이 짜증이 묻어나고 그것을 그대로 상대에게 전달했음을 알게 된 것이다. 그런데도 나는 그 불만을 말하지 않았다고 스스로 대견해하면서 인격자인 양 착각 속에 살고 있었던 것이다. 상대에게는 이미 상처를 주었으면서도……. 이런 갈등의 원인이 제거되자 주변 사람들의 행동이 감사로 다가오기 시작했다.

아이나 배우자 또는 고객에게 100 감사를 쓰면서 은연중에 기대감을 가지고 있는 분들을 보게 된다. 자기가 쓴 100 감사를 읽어 보고 감동해서 상대방이 자기가 원하는 방향으로 변화해 주기를 바라는 마음이 있는 것이다. 그러다 기대에 미치지 못하면 '감사쓰기도 별 효과가 없네' 하며 실망하게 된다.

그러나 감사는 상대를 변화시키는 수단이 아니다. 감사는 나를 찾아가는 기쁨의 과정이어야 한다. 상대의 긍정과 부정을 모두 아우르는 마음, 즉 나 자신의 내면의 불균형을 바로잡아 주는 과정인 것이다.

감사쓰기를 통해서 만들어진 이런 균형 잡힌 생각의 파동이 주변 사람들에게 여과 없이 전달될 때 그 진정성이 신뢰를 형성하고 행복의 바이러스를 만들어 내는 것이라고 믿는다.

감사하게 해 주셔서
감사합니다

제가 어머니에 대한 1000 감사를 쓰지 않았다면

이렇게 소중한 것을 전혀 모른 채

인생을 마무리할 수도 있었다는 생각이 듭니다.

저를 이 길로 인도해 주신 것도 어머니입니다.

아마 1000 감사를 몰랐다면

저의 감사 실천도 아주 더디었을 겁니다.

1000 감사가 저의 감사 실천에 기폭제 역할을 했습니다.

어머니의 사랑은

저에게서 그치지 않고 더 널리 퍼져 갈 것입니다.

가장 가까이에 있는 어머니의 손주들과 며느리에게

먼저 전달될 것입니다.

저와 가까운 친구들도 이제 감사로 무장하고 있는 중입니다.

어머니, 사랑은 나눌수록 커진다는 것을 실감합니다.

더 많이 나눌 수 있도록 해 주세요.

고대 로마 철학자 키케로는 "감사는 모든 미덕의 어머니"라고 말했습니다. 감사쓰기를 통해서 기업, 조직, 개인이 변화하는 과정을 수없이 지켜봤는데, 감사쓰기 최고의 대상은 역시 어머니일 겁니다. 치매에 걸린 어머니에게 눈물로 1000가지 감사를 써 내려간 지은이의 시도는 감사운동에 나선 사람들의 귀감입니다. 산문으로 쓰여진 1000가지 감사가 한 권의 책으로 엮이면서 운문으로 거듭났네요. 마지막 장에 등장하는 '또 한 사람의 어머니'는 감동과 반전의 드라마였습니다. 감사의 진정성과 솔선수범의 정수가 녹아 있는 이 책을 통해 좀 더 많은 사람들이 감사의 시심(詩心)에 눈떴으면 좋겠습니다.

김용환 _ 감사나눔신문 대표

표현은 짧고 소박하지만 저자는 마치 자기 살점을 하나씩 떼어 내듯 또박또박 글을 썼다. 한 어머니가 내 몸의 일부이고, 내 인생의 역사인 줄을 감사편지가 아니었다면 어떻게 이렇게 절절히 알 수 있었을까?
책에서 만난 저자의 어머니는 돌아가신 후에도 아들을 키워 내고 있는 듯 강력하고 생생하다. 감사란 생각을 넘어 글을 쓰는 몸짓을 통해 실체가 된다는 증거를 보여 주는 책이 될 것이다.

김효선 _ 여성신문 대표

가난한 섬마을 소년이 자라 기업인이 되었다. 참 행복을 찾아 방황하다가 감사를 만났고, 병으로 쓰러지신 어머니를 위해 1000 감사를 쓰기 시작했다. 오늘의 나를 만든 것은 삶의 마디마디에 서려 있는 어머님의 지극한 사랑의 힘이었음을 깨달으며, 어머님에 대한 절절한 감사의 마음이 감동이 되고 한 편의 시가 되어 뜨거운 감사의 파동으로 전달된다. 내가 변하여 행복해지고 가족과 이웃을 행복하게 만들고 싶은 분들, 감사의 기적을 함께 나누기 원하는 모든 분들께 권하고 싶다.

손욱 _ 행복나눔125운동본부 회장

다른 사람들이 5 감사나 100 감사를 기록하고 있을 때 어머님에 대한 1000 감사를 써서 우리나라 감사운동의 새로운 지평을 열었던 저자께서 그 개인적인 경험을 여러 사람과 공유하기 위해 책을 출판하게 된 것을 축하드립니다.

감사는 파동이며 에너지이기에 감사 내공이 충만하면 가까운 사람들부터 변하게 되어 있습니다. 파동의 원리는 1678년 네덜란드의 물리학자 호이겐스에 의하여 발견되었는데, 큰 파동이 작은 파동에 영향을 주어 시간이 지나면 모두 큰 파동을 따라가게 됩니다. 1000 감사를 써서 자신이 감사 에너지로 충만해짐으로써 아내와 자녀들은 물론 가까운 사람들을 변화시킨 경험은 다른 사람들에게 좋은 표본이 된다고 생각합니다. 그런 의미에서 많은 사람들에게 한번 읽어 보기를 권합니다.

제갈정웅 _ 감사나눔연구소 이사장

지은이를 가까이에서 지켜보면서 '감사하면 행복해진다'는 말을 실감한다. 그는 만날 때마다 점점 더 얼굴이 밝아진다. 1000 감사를 쓰는 동안에는 어머니가 등 뒤에서 안아 주시는 듯한 뿌듯한 감정을 느꼈다고 한다. 행복은 전염된다고 했던가. 이 책을 읽으면서 나도 가슴이 뿌듯했다.

허남석 _ 포스코경영연구소 감사경영추진반 사장